2

Can you see 3 cats on mats?

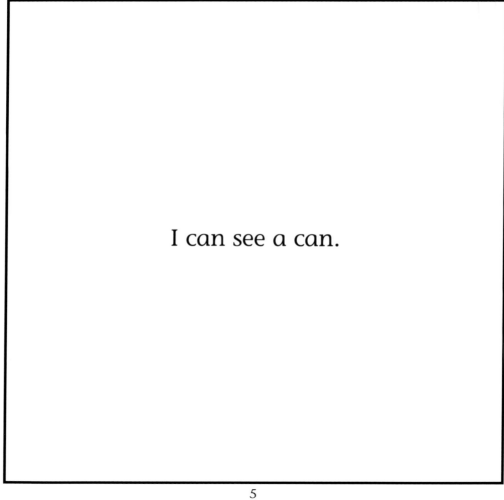

I can see a can.

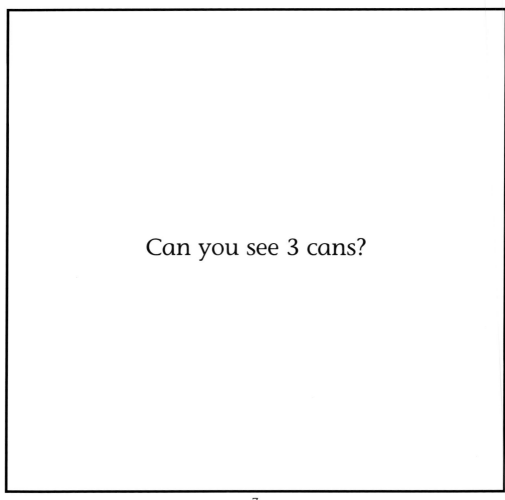

Can you see 3 cans?

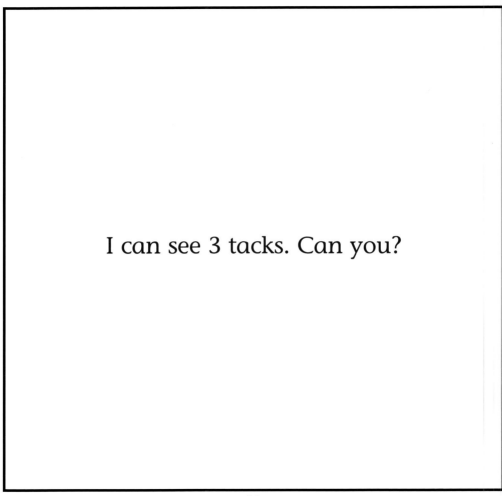

I can see 3 tacks. Can you?

I see a tan sack.

14

Can you see 3 tan sacks?

Target Letter-Sound Correspondence

Consonant /t/ sound spelled **t**

Previously Introduced Letter-Sound Correspondences:
Consonant /s/ sound spelled **s**
Consonant /m/ sound spelled **m**
Short /ă/ sound spelled **a**
Consonant /k/ sound spelled **c**
Consonant /n/ sound spelled **n**
Consonant /k/ sound spelled **k, ck**
Consonant /z/ sound spelled **s**

High-Frequency Puzzle Words

a	yes
on	you
see	

Bold indicates new high-frequency word.

Decodable Words

3	sack
can	sacks
cans	sat
cat	tack
cats	tacks
I	tan
mats	